PAUL VERLAINE

FÊTES GALANTES

NOMBREUSES LITHOGRAPHIES

PAR

SERGE DE SOLOMKO

PARIS

LIBRAIRIE DES AMATEURS

A. FERROUD. — F. FERROUD, Successeur

127, BOULEVARD SAINT-GERMAIN, 127

1925

FÊTES GALANTES

1908

PAUL VERLAINE

FÊTES GALANTES

NOMBREUSES LITHOGRAPHIES

PAR

SERGE DE SOLOMKO

PARIS

LIBRAIRIE DES AMATEURS

A. FERROUD. — F. FERROUD, Successeur

127, BOULEVARD SAINT-GERMAIN, 127

1925

CLAIR DE LUNE

Votre âme est un paysage choisi
Que vont charmant masques et bergamasques
Jouant du luth et dansant et quasi
Tristes sous leurs déguisements fantasques.

Tout en chantant sur le mode mineur
L'amour vainqueur et la vie opportune,
Ils n'ont pas l'air de croire à leur bonheur
Et leur chanson se mêle au clair de lune,

Au calme clair de lune triste et beau,
Qui fait rêver les oiseaux dans les arbres
Et sangloter d'extase les jets d'eau,
Les grands jets d'eau svelles parmi les marbres.

PANTOMIME

Pierrot qui n'a rien d'un Clitandre
Vide un flacon sans plus attendre,
Et, pratique, entame un pâté.

Cassandre, au fond de l'avenue,
Verse une larme méconnue
Sur son neveu déshérité.

Ce faquin d'Arlequin combine
L'enlèvement de Colombine
Et pirouette quatre fois.

Colombine rêve, surprise
De sentir un cœur dans la brise
Et d'entendre en son cœur des voix.

SUR L'HERBE

L'abbé divague. — Et toi, marquis,
Tu mets de travers ta perruque.
— Ce vieux vin de Chypre est exquis
Moins, Camargo, que votre nuque.

— Ma flamme... — Do, mi, sol, la, si.
— L'abbé, ta noirceur se dévoile.
— Que je meure, Mesdames, si
Je ne vous décroche une étoile.

— Je voudrais être petit chien !
— Embrassons nos bergères, l'une
Après l'autre. — Messieurs, eh bien ?
— Do, mi, sol. — Hé ! bonsoir, la Lune !

L'ALLÉE

Fardée et peinte comme au temps des bergeries,
Frêle parmi les nœuds énormes de rubans,
Elle passe, sous les ramures assombries,
Dans l'allée où verdit la mousse des vieux bancs,
Avec mille façons et mille afféteries
Qu'on garde d'ordinaire aux perruches chéries.

Sa longue robe à queue est bleue, et l'éventail
Qu'elle froisse en ses doigts fluets aux larges bagues
S'égaie en des sujets érotiques, si vagues
Qu'elle sourit, tout en rêvant, à maint détail.
— Blonde, en somme. Le nez mignon avec la bouche
Incarnadine, grasse, et divine d'orgueil
Inconscient. — D'ailleurs plus fine que la mouche
Qui ravive l'éclat un peu niais de l'œil.

A LA PROMENADE

Le ciel si pâle et les arbres si grêles
Semblent sourire à nos costumes clairs
Qui vont flottant légers avec des aïrs
De nonchalance et des mouvements d'ailes.

Et le vent doux ride l'humble bassin,
Et la lueur du soleil qu'atténue
L'ombre des bas tilleuls de l'avenue
Nous parvient bleue et mourante à dessein.

Trompeurs exquis et coquettes charmantes,
Cœurs tendres mais affranchis du serment,
Nous devisons délicieusement,
Et les amants lutinent les amantes

De qui la main imperceptible sait
Parfois donner un soufflet qu'on échange
Contre un baiser sur l'extrême phalange
Du petit doigt, et comme la chose est

Immensément excessive et farouche,
On est puni par un regard très sec,
Lequel contraste au demeurant avec
La moue assez clémente de la bouche.

DANS LA GROTTE

Là, je me tue à vos genoux !
Car ma détresse est infinie,
Et la tigresse épouvantable d'Hyrcanie
Est une agnelle au prix de vous.

Oui, céans, cruelle Clymène,
Ce glaive qui, dans maints combats,
Mit tant de Scipions et de Cyrus à bas,
Va finir ma vie et ma peine !

Ai-je même besoin de lui
Pour descendre aux Champs Élysées ?
Amour perça-t-il pas de flèches aiguisées
Mon cœur, dès que votre œil m'eût lui ?

LES INGÉNUS

Les hauts talons luttaient avec les longues jupes,
En sorte que, selon le terrain et le vent,
Parfois luisaient des bas de jambe, trop souvent
Interceptés! — et nous aimions ce jeu de dupes.

Parfois aussi le dard d'un insecte jaloux
Inquiétait le col des belles sous les branches,
Et c'étaient des éclairs soudains de nuques blanches
Et ce régal comblait nos jeunes yeux de fous.

Le soir tombait, un soir équivoque d'automne :
Les belles, se pendant rêveuses à nos bras,
Dirent alors des mots si spécieux, tout bas,
Que notre âme depuis ce temps tremble et s'étonne.

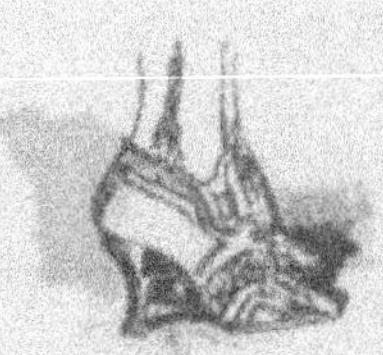

CORTÈGE

Un singe en veste de brocart
Trotte et gambade devant elle
Qui froisse un mouchoir de dentelle
Dans sa main gantée avec art,

Tandis qu'un négrillon tout rouge
Maintient à tour de bras les pans
De sa lourde robe en suspens,
Attentif à tout pli qui bouge ;

Le singe ne perd pas des yeux
La gorge blanche de la dame,
Opulent trésor que réclame
Le torse nu de l'un des dieux ;

Le négrillon parfois soulève
Plus haut qu'il ne faut, l'aigrefin,
Son fardeau somptueux, afin
De voir ce dont la nuit il rêve ;

Elle va par les escaliers,
Et ne paraît pas davantage
Sensible à l'insolent suffrage
De ses animaux familiers.

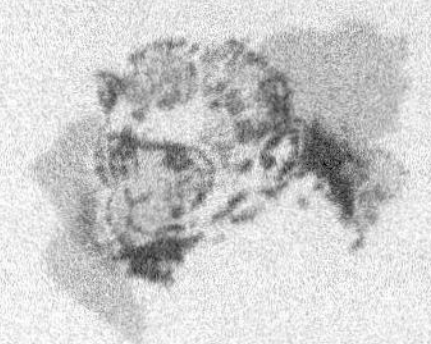

LES COQUILLAGES

Chaque coquillage incrusté
Dans la grotte où nous nous aimâmes
A sa particularité.

L'un a la pourpre de nos âmes
Dérobée au sang de nos cœurs
Quand je brûle et que tu t'enflammes ;

Cet autre affecte tes langueurs
Et tes pâleurs alors que, lasse,
Tu m'en veux de mes yeux moqueurs ;

Celui-ci contrefait la grâce
De ton oreille, et celui-là
Ta nuque rose, courte et grasse ;

Mais un, entre autres, me troubla.

EN PATINANT

Nous fûmes dupes, vous et moi,
De manigances mutuelles,
Madame, à cause de l'émoi
Dont l'Été férut nos cervelles.

Le Printemps avait bien un peu
Contribué, si ma mémoire
Est bonne, à brouiller notre jeu,
Mais que d'une façon moins noire !

Car au printemps l'air est si frais
Qu'en somme les roses naissantes
Qu'Amour semble entr'ouvrir exprès
Ont des senteurs presque innocentes ;

Et même les lilas ont beau
Pousser leur haleine poivrée
Dans l'ardeur du soleil nouveau :
Cet excitant au plus récrée,

Tant le zéphir souffle, moqueur,
Dispersant l'aphrodisiaque
Effluve, en sorte que le cœur
Chôme et que même l'esprit vaque,

Et qu'émoustillés, les cinq sens
Se mettent alors de la fête,
Mais seuls, tout seuls, bien seuls et sans
Que la crise monte à la tête.

Ce fut le temps, sous de clairs ciels,
(Vous en souvenez-vous, Madame?)
Des baisers superficiels
Et des sentiments à fleur d'âme.

Exempts de folles passions,
Pleins d'une bienveillance amène,
Comme tous deux nous jouissions
Sans enthousiasme — et sans peine!

Heureux instants! — mais vint l'Été :
Adieu, rafraîchissantes brises!
Un vent de lourde volupté
Investit nos âmes surprises.

Des fleurs aux calices vermeils
Nous lancèrent leurs odeurs mûres,
Et partout les mauvais conseils
Tombèrent sur nous des ramures.

Nous cédâmes à tout cela,
Et ce fut un bien ridicule
Vertigo qui nous affola
Tant que dura la canicule.

Rires oiseux, pleurs sans raisons,
Mains indéfiniment pressées,
Tristesses moites, pâmoisons,
Et quel vague dans les pensées !

L'Automne heureusement, avec
Son jour froid et ses bises rudes,
Vint nous corriger, bref et sec,
De nos mauvaises habitudes,

Et nous induisit brusquement
En l'élégance réclamée
De tout irréprochable amant
Comme de toute digne aimée...

Or c'est l'Hiver, Madame, et nos
Parieurs tremblent pour leur bourse,
Et déjà les autres traîneaux
Osent nous disputer la course.

Les deux mains dans votre manchon,
Tenez-vous bien sur la banquette
Et filons ! — et bientôt Fanchon
Nous fleurira quoi qu'on caquette !

FANTOCHES

Scaramouche et Pulcinella
Qu'un mauvais dessein rassembla
Gesticulent, noirs sur la lune.

Cependant l'excellent docteur
Bolonais cueille avec lenteur
Des simples parmi l'herbe brune.

Lors sa fille, piquant minois,
Sous la charmille, en tapinois,
Se glisse demi-nue, en quête

De son beau pirate espagnol
Dont un langoureux rossignol
Clame la détresse à tue-tête.

CYTHÈRE

Un pavillon à claires-voies
Abrite doucement nos joies
Qu'éventent des rosiers amis;

L'odeur des roses, faible, grâce
Au vent léger d'été qui passe,
Se mêle aux parfums qu'elle a mis ;

Comme ses yeux l'avaient promis
Son courage est grand et sa lèvre
Communique une exquise fièvre ;

Et l'Amour comblant tout, hormis
La faim, sorbets et confitures
Nous préservent des courbatures.

EN BATEAU

L'étoile du berger tremblote
Dans l'eau plus noire et le pilote
Cherche un briquet dans sa culotte.

C'est l'instant, Messieurs, ou jamais,
D'être audacieux, et je mets
Mes deux mains partout désormais!

Le chevalier Atys qui gratte
Sa guitare, à Chloris l'ingrate
Lance une œillade scélérate.

L'abbé confesse bas Églé,
Et ce vicomte déréglé
Des champs donne à son cœur la clé.

Cependant la lune se lève
Et l'esquif en sa course brève
File gaîment sur l'eau qui rêve.

LE FAUNE

Un vieux faune de terre cuite
Rit au centre des boulingrins,
Présageant sans doute une suite
Mauvaise à ces instants sereins

Qui m'ont conduit et t'ont conduite,
Mélancoliques pèlerins,
Jusqu'à cette heure dont la fuite
Tournoie au son des tambourins.

MANDOLINE

Les donneurs de sérénades
Et les belles écouteuses
Échangent des propos fades
Sous les ramures chanteuses.

C'est Tircis et c'est Aminte,
Et c'est l'éternel Clitandre,
Et c'est Damis qui pour mainte
Cruelle fait maint vers tendre.

Leurs courtes vestes de soie,
Leurs longues robes à queues,
Leur élégance, leur joie
Et leurs molles ombres bleues

Tourbillonnent dans l'extase
D'une lune rose et grise,
Et la mandoline jase
Parmi les frissons de brise.

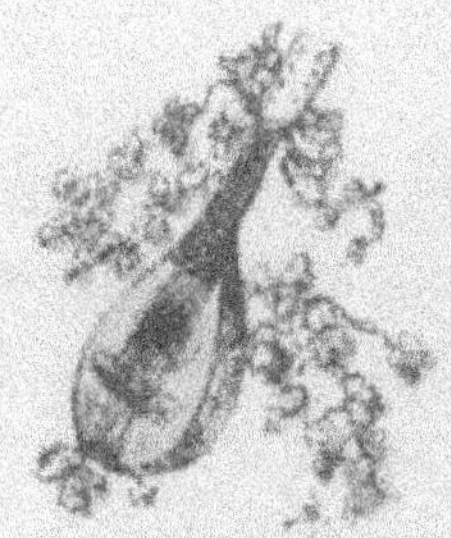

A CLYMÈNE

Mystiques barcarolles,
Romances sans paroles,
Chère, puisque tes yeux,
Couleur des cieux,

Puisque ta voix, étrange
Vision qui dérange
Et trouble l'horizon
  De ma raison,

Puisque l'arome insigne
De ta pâleur de cygne
Et puisque la candeur
  De ton odeur,

Ah! puisque tout ton être,
Musique qui pénètre,
Nimbes d'anges défunts,
  Tons et parfums,

A sur d'almes cadences
En ses correspondances
Induit mon cœur subtil,
  Ainsi soit-il!

LETTRE

Éloigné de vos yeux, Madame, par des soins
Impérieux (j'en prends tous les dieux à témoins),
Je languis et me meurs, comme c'est ma coutume
En pareil cas, et vais, le cœur plein d'amertume,

A travers des soucis où votre ombre me suit,
Le jour dans mes pensers, dans mes rêves la nuit,
Et la nuit et le jour adorable, Madame !
Si bien qu'enfin, mon corps faisant place à mon âme,
Je deviendrai fantôme à mon tour aussi, moi,
Et qu'alors, et parmi le lamentable émoi
Des enlacements vains et des désirs sans nombre,
Mon ombre se fondra à jamais en votre ombre.

En attendant, je suis, très chère, ton valet.

Tout se comporte-t-il là-bas comme il te plaît,
Ta perruche, ton chat, ton chien ? La compagnie
Est-elle toujours belle, et cette Silvanie
Dont j'eusse aimé l'œil noir si le tien n'était bleu,
Et qui parfois me fit des signes, palsambleu !
Te sert-elle toujours de douce confidente ?

Or, Madame, un projet impatient me hante
De conquérir le monde et tous ses trésors pour
Mettre à vos pieds ce gage — indigne — d'un amour
Égal à toutes les flammes les plus célèbres

Qui des grands cœurs aient fait resplendir les ténèbres.
Cléopâtre fut moins aimée, oui, sur ma foi !
Par Marc-Antoine et par César que vous par moi,
N'en doutez pas, Madame, et je saurai combattre
Comme César pour un sourire, ô Cléopâtre,
Et comme Antoine fuir au seul prix d'un baiser.

Sur ce, très chère, adieu. Car voilà trop causer,
Et le temps que l'on perd à lire une missive
N'aura jamais valu la peine qu'on l'écrive.

LES INDOLENTS

Bah! malgré les destins jaloux,
Mourons ensemble, voulez-vous?
— La proposition est rare.

— Le rare est le bon. Donc mourons
Comme dans les Décamérons.
— Hi! hi! hi! quel amant bizarre!

— Bizarre, je ne sais. Amant
Irréprochable, assurément.
Si vous voulez, mourons ensemble?

— Monsieur, vous raillez mieux encor
Que vous n'aimez, et parlez d'or;
Mais taisons-nous, si bon vous semble? —

Si bien que ce soir-là Tircis
Et Dorimène, à deux assis
Non loin de deux Silvains hilares,

Eurent l'inexpiable tort
D'ajourner une exquise mort.
Hi! hi! hi! les amants bizarres!

COLOMBINE

Léandre le sot,
Pierrot qui d'un saut
De puce
Franchit le buisson,
Cassandre sous son
Capuce,

Arlequin aussi,
Cet aigrefin si
        Fantasque
Aux costumes fous,
Ses yeux luisants sous
        Son masque,

— Do, mi, sol, mi, fa, —
Tout ce monde va,
        Rit, chante
Et danse devant
Une belle enfant
        Méchante

Dont les yeux pervers
Comme les yeux verts
        Des chattes
Gardent ses appas
Et disent : « A bas
        Les pattes ! »

— Eux ils vont toujours ! —
Fatidique cours
        Des astres,
Oh ! dis-moi vers quels
Mornes ou cruels
        Désastres

L'implacable enfant,
Preste et relevant
        Ses jupes,
La rose au chapeau,
Conduit son troupeau
        De dupes ?

L'AMOUR PAR TERRE

Le vent de l'autre nuit a jeté bas l'Amour
Qui, dans le coin le plus mystérieux du parc,
Souriait en bandant malignement son arc,
Et dont l'aspect nous fit tant songer tout un jour !

Le vent de l'autre nuit l'a jeté bas! Le marbre
Au souffle du matin tournoie, épars. C'est triste
De voir le piédestal, où le nom de l'artiste
Se lit péniblement parmi l'ombre d'un arbre,

Oh! c'est triste de voir debout le piédestal
Tout seul! et des pensers mélancoliques vont
Et viennent dans mon rêve où le chagrin profond
Évoque un avenir solitaire et fatal.

Oh! c'est triste! — Et toi-même, est-ce pas? es touchée
D'un si dolent tableau, bien que ton œil frivole
S'amuse au papillon de pourpre et d'or qui vole
Au-dessus des débris dont l'allée est jonchée.

EN SOURDINE

Calmes dans le demi-jour
Que les branches hautes font,
Pénétrons bien notre amour
De ce silence profond.

Fondons nos âmes, nos cœurs
Et nos sens extasiés,
Parmi les vagues langueurs
Des pins et des arbousiers.

Ferme tes yeux à demi,
Croise tes bras sur ton sein,
Et de ton cœur endormi
Chasse à jamais tout dessein.

Laissons-nous persuader
Au souffle berceur et doux
Qui vient à tes pieds rider
Les ondes de gazon roux.

Et quand, solennel, le soir
Des chênes noirs tombera,
Voix de notre désespoir,
Le rossignol chantera.

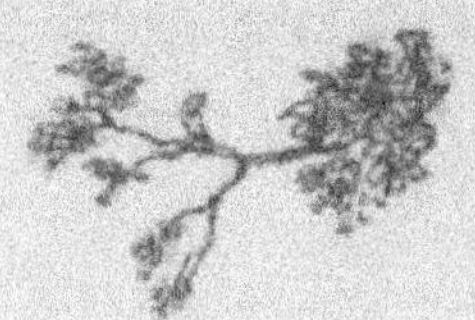

COLLOQUE SENTIMENTAL

Dans le vieux parc solitaire et glacé
Deux formes ont tout à l'heure passé.

Leurs yeux sont morts et leurs lèvres sont molles,
Et l'on entend à peine leurs paroles.

Dans le vieux parc solitaire et glacé
Deux spectres ont évoqué le passé.

— Te souvient-il de notre extase ancienne?
— Pourquoi voulez-vous donc qu'il m'en souvienne?

— Ton cœur bat-il toujours à mon seul nom?
Toujours vois-tu mon âme en rêve? — Non.

— Ah! les beaux jours de bonheur indicible
Où nous joignions nos bouches! — C'est possible.

— Qu'il était bleu, le ciel, et grand l'espoir!
— L'espoir a fui, vaincu, vers le ciel noir.

Tels ils marchaient dans les avoines folles,
Et la nuit seule entendit leurs paroles.

TABLE DES MATIÈRES

Achevé d'imprimer
par KAUFFMANN et Cⁱᵉ pour le texte
et par
G. JENIN pour les lithographies
Paris, le 15 Mai 1925